刘亮程童年与故乡系列

逃跑的马

刘亮程/著　袁小真/绘

山东教育出版社

图书在版编目（CIP）数据

逃跑的马／刘亮程著；袁小真绘． -- 济南：山东教育出版社，
2022.4

ISBN 978-7-5701-1958-5

Ⅰ.①逃⋯　Ⅱ.①刘⋯ ②袁⋯　Ⅲ.①散文集-中国-当代
Ⅳ.① I267

中国版本图书馆 CIP 数据核字（2022）第 004994 号

逃跑的马
TAO PAO DE MA

刘亮程 著　袁小真 绘

主管单位：山东出版传媒股份有限公司
出版人：刘东杰
出版发行：山东教育出版社
地址：济南市市中区二环南路 2066 号 4 区 1 号
邮编：250003
电话：（0531）82092660
网址：www.sjs.com.cn
印刷：凸版艺彩（东莞）印刷有限公司
版次：2022 年 4 月第 1 版
印次：2022 年 4 月第 1 次印刷
开本：889 mm×1270 mm　1/32
印张：3.5
印数：1—10000
字数：36 千
定价：30.00 元

（如印装质量有问题，请与印厂联系调换）
印厂电话：0769－88916888

关于作者

刘亮程，新疆人，著有诗集《晒晒黄沙梁的太阳》，散文集《一个人的村庄》《在新疆》，长篇小说《虚土》《凿空》《捎话》《本巴》，随笔访谈《把地上的事往天上聊》。多篇文章收入中学语文教材，获鲁迅文学奖等奖项。任中国作协散文委员会副主任、新疆作协副主席。2014年入住新疆木垒县菜籽沟村，创建菜籽沟艺术家村落及木垒书院，现在书院过耕读生活。

目录

逃跑的马

　　我跟马没有长久贴身的接触，甚至没有骑马从一个村庄到另一个村庄这样简单的经历。顶多是牵一头驴穿过浩浩荡荡的马群，或者坐在牛背上，看骑马人从身边飞驰而过，扬起一片尘土。

　　我没有太要紧的事，不需要快马加鞭去办理。牛和驴的性情刚好适合我——慢悠悠的。那时要紧的事远未来到我的一生里，我也不着急。要去的地方永远不动地待在那里，不会因为我晚到几天或几年而消失。要做的事情早几天晚几天去做都一回事，甚至不做也没什么。我还处在人生的闲散时期，许多事情还没迫在眉睫。也许有些活我晚到几步被别人干掉了，正好省得我动手。有些东西我迟来一会儿便不属于我了，我也不在乎。许多年之后你再看，骑快马飞奔的人和坐在牛背上慢悠悠赶路的人，一样老态龙钟回到村庄里，他们衰老的速度是一样的。时间才不管谁跑得多快多慢呢。

但马的身影一直游荡在我身旁，马蹄常年在村里村外的土路上踏响，我不能回避它们。我甚至天真地想，马跑得那么快，一定先我到达了一些地方。骑马人一定把我今后的去处早早游荡了一遍。因为不骑马，我的人生路上必定印满先行的马蹄印儿，撒满金黄的马粪蛋儿。

直到后来，我徒步追上并超过许多匹马之后，才打消了这种念头——曾经从我身边飞驰而过扬起一片尘土的那些马，最终都没有比我走得更远。在我还继续前行的时候，它们已变成一架架骨头堆在路边。只是骑手跑掉了。在马的骨架旁，除了干枯的像骨头一样的胡杨树干，我没找到骑手的半根骨头。骑手总会想办法埋掉自己，无论深埋黄土还是远埋在草莽和人群中。

在远离村庄的路上，我时常会遇到一堆一堆马骨。马到底碰到了怎样沉重的事情，使它如此强健的躯体承受不了，如此快捷有力的四蹄逃脱不了。这些高大健壮的生命在我们身边倒下，留下堆堆白骨。我们这些矮小的生命还活着，我们能走多远。

我相信累死一匹马的，不是骑手，不是常年的奔波和劳累，对马的一生来说，这些东西微不足道。

马肯定有它自己的事情。

马来到世上，肯定不仅仅是给人拉车当坐骑的。

村里的韩三告诉我，一次他赶着马车去沙门子，给一个亲戚送麦种。半路上马车陷进泥潭，死活拉不出来，他只好回去找人借牲口帮忙。可是，等他带着人马赶来时，马已经把车拉出来走了，走得没影了。他追到沙门子，那里的人说，晌午看见一辆马车拉着几麻袋东西，穿过村子向西去了。

韩三又朝西追了几十公里，到虚土庄子，村里人说半下午时看见一辆马车绕过村子向北边去了。

韩三说他再没有追下去。他因此断定马是没有目标的东西——它只顾自己往前走，好像它的事比人更重要，竟然可以把人家等着下种的一车麦种拉着漫无边际地走下去。韩三是有生活目标的人，要到哪就到哪。说干啥就干啥。他不会没完没了地跟着一辆马车追下去。韩三说完就去忙他的事了。

以后很多年，我都替韩三想着这辆跑掉的马车。它到底跑到哪去了？我打问过从每一条远路上走来的人，他们或者摇头，或者说，要真有一辆没人要的马车，他们会赶着回来的，这等便宜事他们不会白白放过。

我想，这匹马已经离开道路，朝它自己的方向走了。但它不会摆脱车和套具。套具是用马皮做的，皮比骨肉更耐久结实。一匹马不会熬到套具朽去。

车上的麦种早过了播种期，在一场一场的雨中发芽、霉烂。车轮和辕子也会超过期限，一天天地腐烂。只有马不会停下来。

这是唯一一匹跑掉的马。我们没有追上它，说明它把骨头留在了我们尚未到达的某个远地。马既然要逃跑，肯定有什么东西在追它。那是我们看不到的、马命中的死敌。马逃不过它。

我想起了另一匹马，拴在一户人家草棚里的一匹马。我看到它时，它已奄奄一息，老得不成样子。显然它不是拴在草棚里老去的，而是老了以后被人拴在草棚里的。人总是对自己不放心，明知这匹马老了，再也走不到哪里，却还把它拴起来，让它在最后的关头束手就擒，放弃跟命运较劲。

我撕了一把草送到马嘴边，马只看了一眼，又把头扭过去。我知道它已经嚼不动这一口草。马的力气经过那么多年，终于变得微弱。曾经驮几百斤东西，跑几十里路不出汗、不喘口粗气的一匹马，现在却连一口草都嚼不动。

"谁都有背不动一麻袋麦子的时候。谁都有老掉牙啃不动骨头的时候。"我想起父亲告诫我的话，他好像也是在说一匹马。

马老得走不动时，或许才会明白世上的许多事情，才会知道世上许多路该如何去走。马无法把一生的经验传授给另一匹马。马老了之后也许跟人一样，它一辈子没干成什么大事，只犯了许多错误，于是它把自己的错误看得珍贵无比，总希望别的马能从它身上吸取点教训。可是，那些年轻的活蹦乱跳的儿马，从来不懂得恭恭敬敬向一匹老马请教。它们有的是精力和时间去走错路，老马不也是这样走到老的吗？

马和人常常为了同一件事情活一辈子。在长年累月、人马共操劳的活计中，马和人同时衰老了。我时常看到一个老人牵一匹马穿过村庄回到家里。人大概老得已经上不去马，马也老得再驮不动人。人和马一前一后，走在下午的昏黄时光里。

在这漫长的一生中，人和马付出了一样沉重的劳动。人使唤马拉车、赶路，马也使唤人给自己饮水、喂草加料、清理圈里的马粪。人有时还带着马去找兽医看病，像照管自己的父亲一样。堆在人一生中的事情，一样堆在马的一生中。人只知道马帮自己干了一辈子活，却不知道人也帮马操劳了一辈子。只是活到最后，人可以把一匹老马的肉吃掉，皮子卖掉。马却不能对人这样。

一个冬天的夜晚，我和村里的几个人，在远离村庄的野地里，围坐在一群马身旁，煮一匹老马的骨头。我们喝着酒，不断地添着柴火。我们想，马越老，骨

头里就越能熬出东西。更多的马静静站立在四周，用眼睛看着我们。火光映红了一大片夜空。马站在暗处，眼睛闪着蓝光。马一定看清了我们，看清了人。而我们一点都不知道马在想些什么。马从不对人说一句话。

我们对马的唯一理解方式是：不断地把马肉吃到肚子里，把马奶喝到肚子里，把马皮穿在脚上。久而久之，隐隐就会有一匹马在身体中跑动。有一种异样的激情耸动着人，人变得像马一样不安、骚动。而最终，却只能用马肉给我们的体力和激情，干点人的事情，撒点人的野和牢骚。

我们用心理解不了的东西，就这样用胃消化掉了。

但我们确实不懂马啊。

记得那一年在野地里，我把干草堆起来，我站在风中，更远的风里一大群马，石头一样静立着，一动不动。它们不看我，马头朝南，齐望着我看不到的一个远处，根本没在意我这个割草人的存在。

我停住手中的活，那样长久羡慕地看着它们，身体中突然产生一股前所未有的激情。我想嘶，想奔，想把镰刀扔了，双手落到地上，撒着欢儿跑到马群中去，昂起头，看看马眼中的明天和远方。我感到我的喉管里埋着一千匹马的嘶鸣，四肢涌动着一万只马蹄的奔腾声。而我，只是低下头，轻轻叹息了一声。

我没养过一匹马，不像村里有些人，自己不养马，喜欢偷别人的马骑。晚上乘黑把别人的马拉出来骑上一夜，到远处办完自己的事，天亮前再把马拴回圈里。第二天主人骑马去奔一件急事，马却死活跑不起来。马不把昨晚的事告诉主人。马知道自己能跑多远的路，不论给谁跑，马把一生的路跑完便不跑了。人把马鞭抽得再响也没用了。

马从来就不属于谁。

别以为一匹马在你胯下奔跑了多少年，这马就是你的。在马眼里，你不过是被它驮运的一件东西。或许马早把你当成了自己的一个器官，高高地安置在马背上，替它看路，拉缰绳，有时下来给它喂草、梳毛、修理蹄子。

也许，没有骑快马奔一段路，真是件遗憾的事。许多年后，有些东西终于从背后渐渐地追上我。那都是些要命的东西，我年轻时不把它们当回事，也不为自己着急。有一天一回头，发现它们已近在咫尺。这时我才明白了以往年月中那些不停奔跑的马，以及骑

马奔跑的人。马并不是被人鞭催着在跑，不是。马在自己奔逃。马一生下来便开始了奔逃。人只是在借助马的速度摆脱命中的厄运。

人和马奔逃的方向是否真的一致呢？也许人的逃生之路正是马的奔死之途，也许马生还时人已经死归。

反正，我没骑马奔跑过。我保持着自己的速度。一些年人们一窝蜂朝某个地方飞奔，我远远地落在后面，像是被遗弃。另一些年人们回过头，朝相反的方向奔跑，我仍旧慢慢悠悠，远远地走在他们前头。我就是这样一个人。我不骑马。

狗这一辈子

一条狗能活到老，真是件不容易的事。太厉害不行，太懦弱不行，不解人意、善解人意了均不行。总之，稍一马虎便会被人剥了皮、炖了肉。狗本是看家守院的，更多时候却连自己都看守不住。

活到一把子年纪，狗命便相对安全了，倒不是狗活出了什么经验。尽管一条老狗的见识，肯定会让一个走遍天下的人吃惊。狗却不会像人，年轻时咬出点名气，老了便可坐享其成。狗一老，再无人谋它脱毛的皮，更无人敢问津它多病的肉体。这时的狗很像一位历经沧桑的老人，世界已拿它没有办法，只好撒手，交给时间和命。

一条熬出来的狗，熬到拴它的铁链朽了，不挣而断。养它的主人也入暮年，明知这条狗再走不到哪里，就随它去吧。狗摇摇晃晃走出院门，四下里望望，是不是以前的村庄已看不清楚。狗在早年捡到过一根干骨头的沙沟梁转转；在早年恋过一条母狗的乱草滩转转；遇到早年咬过的人，远远避开，一副内疚的样子。其实人早好了伤疤忘了疼。有头脑的人大都不跟狗计较，有句俗话：狗咬了你，你还去咬狗吗？与狗相咬，除了啃一嘴狗毛，你又能占到啥便宜。被狗咬过的人，大都把仇记恨在主人身上，而主人又一股脑儿把责任全推到狗身上。一条狗随时必须准备承受一切。

在乡下，家家门口拴一条狗，目的很明确：把门。人的门被狗把持，仿佛狗的家。来人并非找狗，却先要与狗较量一阵，等到终于见了主人，来时的心境已落了大半，想好的话语也吓忘掉大半。狗的影子始终在眼前窜悠，答问间时闻狗吠，令来人惊魂不定。主人则可从容不迫，坐察其来意。这叫未与人来先与狗往。

有经验的主人听到狗叫，先不忙着出来，开个门缝往外瞧瞧。若是不想见的人，比如来借钱的，讨债的，寻仇的……便装个没听见。狗自然咬得更起劲。来人朝院子里喊两声，自愧不如狗的嗓门大，也就不喊了；狠狠踢一脚院门，走了。

若是非见不可的贵人，主人一趟子跑出来，打开狗，骂一句，狗自会没趣地躲开，稍慢一步又会挨棒子。狗挨打挨骂是常有的事，一条狗若因主人错怪便赌气

不咬人，睁一眼闭一眼，那它的狗命也就不长了。

一条称职的好狗，不得与其他任何一个外人混熟。在它的狗眼里，除主人之外的任何面孔都必须是陌生的、危险的，更不得与邻居家的狗相往来。人养了狗，狗就必须把所有的爱和忠诚奉献给人，而不应该给另一条狗。

狗这一辈子像梦一样飘忽，没人知道狗是带着什么使命来到人世。

人一睡着，村庄便成了狗的世界，喧嚣一天的人再无话可说。土地和人都乏了。此时狗语大作，狗的声音在夜空飘来荡去，将远远近近的村庄连在一起。那是人之外的另一种声音，飘远、神秘。莽原之上，明月之下，人们熟睡的躯体是听者，土墙和土墙的影子是听者，路是听者。年代久远的狗吠融入空气中，已经成寂静的一部分。

在这众狗狺狺的夜晚，肯定有一条老狗，默不作声。它是黑夜的一部分。它在一个村庄转悠到老，是村庄的一部分。它再无人可咬，因而也是人的一部分。这是条终于可以冥然入睡的狗，在人们久不再去的僻远路途，废弃多年的荒宅旧院，这条狗来回地走动，眼中满是人们多年前的陈事旧影。

野兔的路

　　上午我沿一条野兔的路向西走了近半小时，我想去看看野兔是咋生活的。野兔的路窄窄的，勉强能容下我的一只脚。要是迎面走来一只野兔，我只有让到一旁，让它先过去。可是一只野兔也没有。看得出，野兔在这条路上走了许多年，小路陷进地面有一拳深。路上撒满了黑豆般大小的粪蛋。野兔喜欢把粪蛋撒在自己的路上，可能边走边撒，边跑边撒，它不会为排粪蛋这样的小事停下来，像人一样专门找个隐蔽处蹲半天。野兔的事可能不比人的少。它们一生下就跑，为一口草跑，为一条命跑，用四只小腿跑。结果呢，谁知道跑掉了多少。

一只奔波中的野兔，看见自己上午撒的粪蛋还在路上新鲜地冒着热气是不是很有意思。

不吃窝边草的野兔，为一口草奔跑一夜回来，看见窝边青草被别的野兔或野羊吃得精光又是什么感触。

兔的路小心地绕过一些微小东西，一棵草、一截断木、一个土块就能让它弯曲。有时兔的路从挨得很近的两棵刺草间穿过，我只好绕过去。其实我无法看见野兔的生活，它们躲到这么远，就是害怕让人看见。一旦让人看见或许就没命了。或许我的到来已经惊跑了野兔。反正，一只野兔没碰到，却走到一片密麻麻的铃铛刺旁，我打量了半天，根本无法过去。我蹲下身，看见野兔的路伸进刺丛，在那些刺条的根部绕来绕去不见了。

往回走时，看见自己的一行大脚印深嵌在窄窄的兔子的小路上，突然觉得好笑。我不去走自己的大道，跑到这条小动物的路上闲逛啥，把人家的路踩坏。野兔要来来回回走多少年，才能把我的一只深脚印踩平。或许野兔一生气，不要这条路了。气再生得大点，不要这片草地了，翻过沙梁远远地迁居到另一片草地。你说我这么大的人了，干了件啥事。

过了几天，我专程来看了看这条路，发现上面又有了新鲜的小爪印，看来野兔没放弃它。只是我的深脚印给野兔增添了一路坎坷，好久都觉得不好意思。

最后一只猫

　　我们家的最后一只猫也是纯黑的，样子和以前几只没啥区别，只是更懒，懒得捉老鼠不说，还偷吃饭菜馍馍。一家人都讨厌它。小时候它最爱跳到人怀里让人抚摸，小妹燕子整天抱着它玩。它是小妹有数的几件玩具中的一个，摆家家时当玩具将它摆放在一个地方，它便一动不动，眼睛跟着小妹转来转去，直到它被摆放到另一个地方，还是很听话地卧在那里。

　　后来小妹长大了没了玩兴，黑猫也变得不听话，有时一跃跳到谁怀里，马上被一把拨拉下去，在地上挡脚了，也会不轻不重挨上一下。我们似乎对它失去了耐心，那段日子家里正好出了几件让人烦心的事。我已记不清是些什么事。反正，有段日子生活对我们不好，我们也没更多的心力去关照家畜们。似乎我们成了一个周转站，生活对我们好一点，我们给身边事物的关爱就会多一点。我们没能像积蓄粮食一样在心中积攒足够的爱与善意，以便生活中没这些东西时，我们仍能节俭地给予。那些年月我们一直都没积蓄下足够的粮食。贫穷太漫长了。

黑猫在家里待得无趣，便常出去，有时在院墙上跑来跑去，还爬到树上捉鸟，却从未见捉到一只。它捉鸟时那副认真劲儿让人好笑，身子贴着树干，极轻极缓地往上爬，连气都不出。可是，不管它的动作多轻巧无声，总是爬到离鸟一米多远处，鸟便扑地飞走

了。黑猫朝天上望一阵，无奈地跳下树来。

以后它便不常回家了。我们不知道它在外面干些啥，村里几户人家夜里丢了鸡，有人看见是我们家黑猫吃的，到家里来找猫。

"它已经几个月没回家，早变成野猫了。"父亲说。

"野了也是你们家的。你要这么推辞，下次碰见了我可要往死里打。"来人气哼哼地走了。

我们家的鸡却一只没丢过。黑猫也没再露面，我们以为它已经被人打死了。

又过了几个月，秋收刚结束，一天夜里，我听见猫在房顶上叫，不停地叫。还听见猫在房上来回跑动。我披了件衣服出去，叫了一声，见黑猫站在房檐上，头探下来对着我直叫。我不知道出了啥事，它急声急气地要告诉我什么。我喊了几声，想让它下来。它不下来，只对着我叫。我有点冷，进屋睡觉去了。

钻进被窝，我又听见猫叫了一阵，嗓子哑哑的。接着听见猫的脚步声踩过房顶，跳到房边的草堆上，再没有声音了。

第二年，也是秋天，我在南梁地里割苞谷秆。十几天前就已掰完苞米，今年比去年少收了两马车棒子，我们有点生气，就把那片苞谷秆扔在南梁上半个月没去理会。

别人家的苞谷秆早砍回来码上草垛。地里已开始放牲口。我们也觉得没理由跟苞谷秆过不去。它们已经枯死。掰完棒子的苞谷秆，就像一群衣衫破烂的穷叫花子站在秋风里。

不论收多收少，秋天的田野总叫人有种莫名的伤心，仿佛看见多少年后的自己，枯枯抖抖站在秋风里。多少个秋天的收获之后，人成了自己的最后一茬作物。

一个动物在苞谷地里迅跑，带响一片苞谷叶。我直起身，以为是一条狗或一只狐狸，提着镰刀悄悄等候它跑近。

它在距我四五米处窜出苞谷地。是一只黑猫。我喊了一声，它停住，回头望着我。是我们家那只黑猫，它也认出我了，转过身朝我走了两步，又犹疑地停住。我叫了几声，想让它过来。它只是望着我，咪咪地叫。我走到马车旁，从布包里取出馍馍，掰了一块扔给黑猫，它本能地前扑了一步，两只前爪抱住馍馍，用嘴啃了一小块，又抬头望我。我叫着它朝前走了两步，它警觉地后退了三步，像是猜出我要抓住它。我再朝它走，它仍退。相距三四步时，猫突然做出一副很厉害的表情，喵喵尖叫两声，一转身窜进苞谷地跑了。

　　这时我才意识到提在手中的镰刀。黑猫刚才一直盯着我的手，它显然不信任我了。钻进苞谷地的一瞬我发现它的一条后腿有点瘸。肯定被人打的。这次相遇使它对我们最后的一点信任都没有了。从此它将成为一只死心塌地的野猫，越来越远地离开这个村子。它知道它在村里干的那些事。村里人不会饶它。

一切都没有过去

　　我对库车的兴趣缘于许多年前的一次南疆之行。那时我刚从新疆北部一个偏僻小村庄走出，天山以南的南疆对我还是一片完全陌生的地域，我对迎面而来广阔无边的戈壁荒漠惊叹不已。那是一次漫长而紧促的旅行，几千公里的路途，几乎没有在哪儿停顿过，沿途一阵风一样穿过的那些维吾尔族人居住的村落城镇，就像曾经的梦境般熟悉亲切。低矮破旧的土房子、深陷沙漠的小块田地、环屋绕树的袅袅炊烟，以及赶驴车下地的农人。一切都像一场梦一样飘忽，一阵风一样没有着落。也许为弥补那次旅行的紧促，梦中我又沿那条长路走过无数次。

　　记得我们在一个周五的黄昏到达库车老城，满街的毛驴车正在散去。那是老城每周一次的巴扎（集市）日。我们停车在库车河边，在写有"龟兹古渡"桥头旁的一家维吾尔饭馆吃晚饭。街上一片零乱，没卖掉的农具、手工制品和农产品正被收拾起来，装上毛驴车。赶集的人渐渐走散，消失在夕阳尘土里，临街的门窗悄然关闭，仿佛库车的热闹到此为止。只有街对面，一位维吾尔族妇女依旧端坐在那里。她的褐色面纱巾一直垂到膝盖，卖剩的半筐馕摆在面前，街上离散的人群似乎跟她没有一点儿关系。

　　那时我对库车的历史知之甚少，现在仍不会知道更多。除了史书上有关库车——古龟兹国的一些片断文字，以及残存在这块土地上让人吃惊的千佛洞窟和古城遗址，库车的历史从来就没有被谁清晰地看见过。

而比历史更近的，坐在街边卖馕的那个维吾尔族妇女的生活，已经离我十分遥远了。在我看来，她披在头上的纱巾并不比两千年的历史帷幕单薄。她从哪里来，她叫什么名字，在这座老城的低矮土巷里，她过着怎样一种生活。她的红柳条筐是千年前的模样，她卖剩的馕仿佛放了几个世纪。还有，她那面纱后面，一双怎样的眼睛在看着我们，看着这个黄昏人世。

我禁不住走过去，向她买一块馕。多少钱一个？我想听见面纱背后的声音，却没有，她只微微抬臂，伸出一个指头。我递给她一块钱。

那块馕上肯定落了一天的尘土，我看不见。馕是

麦黄色的。她递给我时用手拍打了两下，我接过来，也学她的样子拍打两下，又对着嘴吹了几口，也不见有土吹打下来，只有昏黄的暮色落在上面。

我转过身，街上已经空荡荡了，临街的几家饭馆亮起了灯。我们原打算在库车住一夜，吃了一大盘抓饭后，都有了精神，便又决定继续赶路。库车城就这样埋在身后的长夜里。

那时我想，我或许是一个运气不好的人，紧赶慢赶，赶在了一个黄昏末世。我喜欢的那些延续久远的东西正在消失，而那些新东西，过多少年才会被我熟悉和认识。我不一定会喜欢未来，我渴望在一种人们过旧的年月里安置心灵和身体。如果可能，我宁愿把未来送给别人，只留下过去，给自己。

库车老城是一处难得的昔年旧址。我想象中的古老生活，似乎就在那些土街土巷里完整地保存着。有时我会想起那个卖馕的维吾尔族妇女，她面纱后面的一双眼睛，她永远卖不完、剩下一个等着谁的麦黄圆馕。想起摆在老城街边的手工农具、铜器，那一切，会不会在我偶然途经的那个黄昏，永远消失？

　　直到这次，我再来到库车，看到多年前我一晃而过的老城还在那里。穿城而过的库车河、龟兹古渡、清真寺、满街的毛驴车，仿佛时光在这里停住，一切都没有过去，只有我的年华在流失。

　　随着中年来临，我正一点点地接近那些古老事物。我和它们就像曾经沧海的一对老人一样一见如故。我走了那么多地方，看了那么多书，思考了那么多事情，到头来我的想法和那个坐在街边打盹的老人一模一样。你看他一动不动，就到了我一辈子要走到的地方。

　　而我，还在半路上呢。

老鼠应该有一个好收成

　　我用一个下午，观察老鼠洞穴。我坐在一蓬白草下面，离鼠洞约二十米远。这是老鼠允许我接近的最近距离。再逼近半步，老鼠便会仓皇逃进洞穴，让我什么都看不见。

　　老鼠洞筑在地头一个土包上，有七八个洞口。不知老鼠凭什么选择了这个较高的地势。也许是在洞穴被水淹多少次后，知道了把洞筑在高处。但这个高度它是怎样确定的？靠老鼠的寸光之目，是怎样对一片大地域的地势做高低判断的？它选择一个土包，爬上去望望，自以为身居高处，却不知这个小土包是在一个大坑里。这种可笑的短视行为连人都无法避免，况且老鼠。

但老鼠的这个洞的确筑在高处。以我的眼光，方圆几十里内，这也是最好的地势。再大的水灾也不会威胁到它。

这个蜂窝状的鼠洞里住着上百只老鼠，每个洞口都有老鼠进进出出，有往外运麦壳和杂渣的，有往里搬麦穗和麦粒的。那繁忙的景象让人觉得它们才是真正的收获者。

有几次我扛着锨过去，忍不住想挖开老鼠的洞，看看它到底贮藏了多少麦子，但我还是没有下手。

老鼠洞分上中下三层，老鼠把麦穗从田野里运

回来，先储存在最上层的洞穴。中层是加工作坊。老鼠把麦穗上的麦粒一粒粒剥下来，麦壳和渣子运出洞外，干净饱满的麦粒从一个垂直洞口滚落到最下层的底仓里。

　　每一项工作都有严格的分工，不知这种分工和内部管理是怎样完成的。在一群匆忙的老鼠中，哪一个是它们的王，我不认识。我观察了一下午，也没有发现一只背着手迈着方步闲转的官鼠。

　　我曾在麦地中看见一只当搬运工具的小老鼠，它仰面朝天躺在地上，四肢紧抱着两株麦穗，另一只大老鼠用嘴咬住它的尾巴，当车一样拉着它走。我走近时，拉的那只扔下它跑了，这只不知道发生了啥事，抱着麦穗躺在地上发愣。我踢了它一脚，它才反应过来，一骨碌爬起来，扔下麦穗便跑。我看见它的脊背上磨得红红的，没有了毛；跑起来一歪一斜，像是很疼的样子。

以前我在地头见过好几只脊背上没毛的死老鼠，我还以为是它们相互厮打致死的，现在明白了。

在麦地里，经常能碰到几只匆忙奔走的老鼠，它让我停住脚步，想想自己这只忙碌的大"老鼠"，一天到晚又忙出了啥意思。

我终生都不会，走进老鼠深深的洞穴，像个客人，打量它堆满底仓的干净麦粒。

老鼠应该有这样的好收成。这也是老鼠的土地。

我们未开垦时，这片长满艾蒿的荒地上到处是鼠洞，老鼠靠草籽和草秆为生，过着富足安逸的日子。我们烧掉蒿草和灌木，毁掉老鼠洞，把地翻一翻，种上麦子。我们以为老鼠全被埋进地里了。当我们来割麦子的时候，发现地头筑满了老鼠洞，它们已先于我们开始了紧张忙碌的麦收。这些没草籽可食的老鼠，只有靠麦粒为生。被我们称为细粮的坚硬麦粒，不知合不合老鼠的口味。老鼠吃着它胃舒不舒服。

这些匆忙的抢收者，让人感到丰收和喜悦不仅仅是人的，也是万物的。

在我们喜庆的日子，如果一只老鼠在哭泣，一只鸟在伤心流泪，我们的欢乐将是多么孤独和尴尬。

在我们周围，另一种动物，也在为这片麦子的丰收而欢庆，我们听不见它们的笑声，但能感觉到。

它们和村人一样期待了一个春天和一个漫长夏季。它们的期望没有落空。我们也没落空。它们用那只每次只能拿一株麦穗、捧两颗麦粒的小爪子，从我

们的大丰收中，拿走一点儿，就能过很好的日子。而
我们，几乎每年都差那么一点儿，就能幸福美满地 ——
吃饱肚子。

月亮

　　月亮是一个人的脸，扒着山的肩膀探出头时，我正在禾木的尖顶木屋里，想象我的爱人在另一个山谷，她翻山越岭，提着月亮的灯笼来找我。我忘了跟她的约会，我在梦里去找她，不知道她回来，我走到她住的山谷，忘了她住的木屋，忘了她的名字和长相。我挨个地敲门，一山谷的木门被我敲响，一山谷的开门声。我失望地回来时，满天星星像红果一般在落。

就是在禾木的尖顶木屋里，睡到半夜，我突然爬起来。

我听见月亮喊我，起身出门，看见月亮在最近的山头，星星都在树梢和屋顶，一伸手就够着它们。我前走几步，感觉脚离地飘起来，月亮把我向远处引，我顾不了许多。

我童年时，月亮在柴垛后面呼唤我，我追过去时它跑到大榆树后面，等我到那里，它又站在远远的麦田那边。我再没有追它。我童年时有好多事情要做，忙于长个子，长脑子，做没完没了的梦。现在我没事情了，有整夜的时间跟着月亮走，不用担心天亮前回不来。

夜色把山谷的坎坷填平，我的脚从一座山头一迈，就到了另一座山头。太远的山谷间，有月光搭的桥，

金黄色月光斜铺过来，宽展的桥面上只有我一个人。

我高高远远地，蹲在那些星星中间，看我匆忙经过却未及细看的人世，那些屋顶和窗户，蛛网一样的路，我从哪条走来呢？看我爱过的人，在别人的屋檐下生活，这样的人世看久了，会是多么陌生，仿佛我从未来过，从我离开那一刻起，我就没有来过，以前以后，都没有过我。我会在那样的注视中睡去。我睡去时，满天的星星也不会知道它们中间的一颗灭了。我灭了以后，依旧黑黑地蹲在那些亮着的星星中间。

我回来时月亮的桥还搭在那里，一路下坡。月亮在千山之上，我本来可以和月亮一起，坐在天上，我本来可以坐在月亮旁边的一朵云上，我本来可以走得更高更远。可是，我回头看见了禾木村的尖顶房子，看见零星的一点火光，那个半夜烧火做饭的人，是否看见走在千山之上的我，那样的行程，从那么遥远处回来，她会为我备一顿什么样的饭菜呢。

从月光里回来我一定是亮的，我看不见自己的亮。

我回来时，看见床上睡着一个人，面如皓月。她是我的爱人。我在她的梦里翻山越岭去寻找她。她却在我身边熟睡着。

与虫共眠

我在草中睡着时，我的身体成了众多小虫子的温暖巢穴。那些形态各异的小动物，从我的袖口、领口和裤腿钻进去，在我身上爬来爬去，不时地咬两口，把它们的小肚子灌得红红鼓鼓的，吃饱玩够了，便找一个隐秘处酣然而睡。

我身体上发生的这些事我一点也不知道。

那天我用铁锨翻了一下午地，又饿又累。本想在地头躺一会儿再往回走，地离村子还有好几里路，我干活时忘了留点回家的力气。时值夏季，田野上虫声、蛙声、谷物生长的声音交织在一起，像支巨大的催眠曲。我的头一挨地便酣然入睡，天啥时黑的我一点不知道，月亮升起又落下我一点没有觉察。醒来时已是另一个早晨，我的身边爬满各种颜色的虫子，它们已先我而醒忙它们的事了。这些勤快的小生命，在我身上留下许多又红又痒的小疙瘩，证明它们来过了。我想它们和我一样睡了美美的一觉。有几个小家伙，竟在我的裤子里待舒服了，不愿出来。若不是瘙痒得难受，我不会脱了裤子捉它们出来。对这些小虫来说，我的身体是一片多么辽阔的田野，就像我此刻趴在大地的这个角落，大地却不会因瘙痒和难受把我捉起来扔掉。大地是沉睡的，它多么宽容。在大地的怀抱中，我比虫子大不了多少。我们知道世上有如此多的虫子，给它们一一起名，分科分类。而虫子知道我们吗？这些小虫知道世上有刘亮程这条大虫吗？有些虫朝生暮死，有些仅有几个月或几天的短暂生命，几乎来不及干什么便匆匆离去。没时间盖房子，创造文化和艺术。没时间为自己和别人去着想。生命简洁到只剩下快乐。我们这些聪明的大生命却在漫长岁月中寻找痛苦和烦恼。一个听烦世道喧嚣的人，躺在田野上听听虫鸣该是多么幸福。大地的音乐会永无休止。而有谁知道这些永恒之音中的每个音符是多么仓促和短暂。

我因为在田野上睡了一觉，被这么多虫子认识。它们好像一下子就喜欢上我，对我的血和肉的味道赞赏不已。有几个虫子，显然趁我熟睡时在我脸上走了几圈，想必也大概认下我的模样了。现在，它们在我身上留了几个看家的，其余的正在这片草滩上奔走相告，呼朋引类，把发现我的消息传播给所有遇到的同

类们。我甚至感到成千上万只虫子正从四面八方朝我呼拥而来。我的血液沸腾，仿佛几十年来梦想出名的愿望就要实现了。这些可怜的小虫子，我认识你们中的谁呢？我将怎样与你们一一握手？你们的脊背窄小得签不下我的名字，声音微弱得近乎虚无。我能对你们说些什么呢？

当千万只小虫呼拥而至时，我已回到人世的一个角落，默默无闻地做着一件事。没几个人知道我的名字，我也不认识几个人，不知道谁死了谁还活着。一年一年地听着虫鸣，使我感到了小虫子的永恒。而我，正在世上苦度最后的几十个春秋。面朝黄土，没有叫声。

两窝蚂蚁

冬天，每隔一段时间——差不多有半个月，蚂蚁就会出来找食吃，排成一长队，在墙壁炕沿上走，有前去的，有回来的，急急忙忙，全阴得皮肤发黄，不像夏天的蚂蚁，油黑油黑。蚂蚁很少在地上乱跑，怕人不小心踩死它们，也很少一两只单独跑出来。

我们家屋子里有两窝蚂蚁，一窝是小黑蚂蚁，住在厨房锅头旁的地下，一窝大黄蚂蚁，住在靠炕沿的东墙根。蚂蚁怕冷，所以把洞筑在暖和处，紧挨着土炕和炉子，我们做饭烧炕时，顺便把蚂蚁窝也煨热了。

通常蚂蚁在天亮后出来找食吃。那时母亲已经起来把死灭的炉火重新架着。屋子里烟气弥漫。我们全钻在被窝里，只露出头。有的睁眼直望着房顶。有的半眯着眼睛，早睡醒了，谁都不愿起。整个冬天我们没有一点事情，想睡到什么时候就睡到什么时候。直到炉火和从窗户照进的刺眼阳光，使屋子重又变得暖洋洋，才会有人坐起来，偎着被子，再愣会儿神。

蚂蚁一出洞，母亲便在蚂蚁窝旁撒一把麸皮。收成好的年成会撒两把。有一年我们储备的冬粮不足，连麸皮都不敢喂牲口，留着缺粮时人调剂着吃。冬天蚂蚁出来过五次。每次母亲只抓一小撮麸皮撒在洞口。最后一次，母亲再舍不得把麸皮给蚂蚁吃。家里仅剩的半麻袋细粮被父亲扎死袋口，要留到春天下地干活时吃。我们整日煮洋芋疙瘩充饥。那一次，蚂蚁从天

亮出洞，有上百只，绕着墙根转了一圈又一圈，一直到天快黑时，拖着几小片洋芋皮进洞去了。

蚂蚁发现麸皮便会一拥而上，拖着、背着、几个抬着往洞里搬。跑远的蚂蚁被喊回来。在墙上的蚂蚁一蹦子跳下来。只一会儿工夫，蚂蚁和麸皮便一同消失得一干二净。蚂蚁有了吃的，便把洞口封死，很长时间不出来打搅人。

蚂蚁的洞一般从墙外通到房内，天一热蚂蚁全到屋外觅食，房子里几乎见不到一只。

我喜欢那窝小黑蚂蚁，针尖那么小的身子，走半天也走不了几尺。我早晨出门前看见一只从后墙根朝前墙这边走，下午我回来看见它还在半道上，慢悠悠地移动着身子，一点不急。似乎它已做好了长途跋涉的打算，今晚就在前面一点儿的地方过夜，第二天太阳不太高时走到前墙根。天黑前争取爬过门槛，走到厨房与卧房的门口处。第三天再进卧房。不过，它要爬过卧房的门槛就得费很大工夫，先要爬上两层土块，再翻过一道高的木门槛，还得赶早点，趁我们没起来之前翻过来。厨房没有窗户，天窗也盖得很死，即使白天门口处也很暗，我们一走动起来就难说不踩着蚂蚁。卧房比厨房大许多，从山墙经过窗户到东墙根，至少是蚂蚁两天的路程。到第五天，蚂蚁才会从东墙根往炕沿处走，经过我们家唯一的柜子。这段最好走夜路，因为是那窝大黄蚂蚁的领地，会很危险。从东边炕头往西边炕头绕回时也是两天的路，最好也晚上走，沿着炕沿，经过打着鼾声的父亲的头、母亲的头、小弟权娃的头和小妹燕子的头，爬到我的头顶时已是另一个夜晚了。这样，小蚂蚁在我们家屋内绕一圈大概用十天的时间，等它回到窝里时，那个蚂蚁世界是否已几经变故，老蚂蚁死了，小蚂蚁出生，它们会不会还认识它呢？

小黑蚂蚁不咬人，偶尔爬到人身上，好一阵才觉出一点点痒。大黄蚂蚁也不咬人，但我不太喜欢。它们到处乱跑，且跑得飞快，让人不放心。不像小黑蚂蚁，出来排着整整齐齐的队，要到哪就径直到哪。大黄蚂蚁也排队，但队形乱糟糟。好像它们的头管得不严，好像每只蚂蚁都有自己的想法。

有一年春天，我想把这窝黄蚂蚁赶走。我想了一个绝好的办法。那时蚂蚁已经把屋内的洞口封住，打开墙外的洞口，在外面活动了。我端了半盆麸皮，从我们家东墙根的蚂蚁洞口处，一点一点往前撒，撒在地上的麸皮像一根细细的黄线，绕过林带、柴垛，穿过一片长着矮草的平地，再翻过一个坑（李家盖房子时挖的），一直伸到李家西墙根。我把撒剩的小半盆麸皮全倒在李家墙根，上面撒一把土盖住。然后一趟子跑回来，观察蚂蚁的动静。

先是一个洞口处闲游的蚂蚁发现了麸皮，咬住一块拖了一下，扔下又咬另一块。当它发现有好多麸皮后，突然转身朝洞口跑去。我发现它在洞口处停顿了一下，好像探头朝洞里喊了一声，里面好像没听见，它一头钻进去，不到两秒钟，大批蚂蚁像一股黄水涌了出来。

蚂蚁出洞后，一部分忙着往洞里搬近处的麸皮，一部分顺着我撒的线往前跑。有一个先头兵，速度非常快，跑一截子，对一粒麸皮咬一口，扔下再往前跑，好像给后面的蚂蚁做记号。我一直跟着这只蚂蚁绕过林带、柴垛，穿过那片长草的平地，再翻过那个坑，到了李家西墙根，蚂蚁发现墙根的一大堆麸皮后，几乎疯狂。它抬起两个前肢，高举着跳几个蹦子，肯定还喊出了什么，但我听不见。跑了那么远的路，它似乎一点不累，飞快地绕麸皮堆转了一圈，又爬到堆顶上。往上爬时还踩翻一块麸皮，栽了一跟头。但它很快翻过身来，向这边跑几步，又朝那边跑几步，看样子像是在伸长膀子量这堆麸皮到底有多大体积。

做完这一切，它连滚带爬从麸皮堆上下来，沿来路飞快地往回跑。没跑多远，碰到两只随后赶来的蚂蚁，见面一碰头，一只立马转头往回跑，另一只朝麸皮堆的方向跑去。往回跑的刚绕过柴垛，大批蚂蚁已沿这条线源源不断赶来了。我仍看见有往回飞跑的，只是已经分不清刚才发现麸皮堆的那只这会儿跑到哪去了。我返回到蚂蚁洞口时，看见一股更粗的黑黄泉水正从洞口涌出来，沿我撒的那一溜黄色麸皮浩浩荡荡地朝李家墙根奔流而去。

我转身进屋拿了把铁锨，当我觉得洞里的蚂蚁已出来得差不多，大部分蚂蚁已经绕过柴垛快走到李家墙根了，便果断地动手，在蚂蚁的来路上挖了一个一米多长、二十公分宽的深槽子。我刚挖好，一大群嘴里衔着麸皮的蚂蚁已翻过那个大坑涌到跟前，看见断了的路都慌乱起来。有几个，像试探着要跳过来，结果掉进沟里，摔得好一阵才爬起来，叼起麸皮又要沿沟壁爬上来，那是不可能的。我挖的沟槽下边宽上边窄，蚂蚁爬不了多高就掉下去了。

而在另一边，迟缓赶来的一小部分蚂蚁也涌到沟沿上，两伙蚂蚁隔着沟相互挥手、跳蹦子。

怎么啦。

怎么回事。

我好像听见它们喊叫。

我知道蚂蚁是聪明动物。慌乱一阵后就会自动安静下来，处理好遇到的麻烦事情。以它们的聪明，肯定会想到在这堆麸皮下面重打一个洞，筑一个新窝，窝里造一个能盛下这堆麸皮的大粮仓。因为回去的路已经断了，况且家又那么远，回家的时间足够建一个新家了。就像我们村有几户人，在野地打了粮食，懒得拉回来，就盖一间房子，住下来就地吃掉。李家墙根的地不太硬，打起洞来也不费劲。

蚂蚁如果这样去做我就成功了。

我已经看见一部分蚂蚁叼着麸皮回到李家墙根，好像商量着就按我的思路行动了。这时天不知不觉黑了，我才发现自己跟这窝蚂蚁耗了大半天。我已经看不清地上的蚂蚁。况且，李家老二早就开始怀疑我，不住地朝这边望。他不清楚我在干什么。但他知道我不会干好事。我咳嗽了两声，装得啥事没有，踢着地上的草，绕过柴垛回到院子。

　　第二天，一大早我跑出来，发现那堆麸皮不见了，一粒也没有了。从李家墙根开始，一条细细的、踩得光光的蚂蚁路，穿过大土坑，通到我挖的沟槽边，沿沟边向北伸了一米多，到没沟的地方，又从对面折回来，再穿过草滩、绕过柴垛和林带，一直通到我们家墙根的蚂蚁洞口。

　　一只蚂蚁都没看见。

一个长梦

在黄沙梁，羊的数量是人的三倍或五倍。牛比人少，有人的三分之一。要按腿算，人腿和狗腿则相差不了几条。一个村庄哪种动物最多，在午后看地上的蹄印脚印便一清二楚。

一般时候出门碰见两头猪遇到一个人，闻五句驴叫听见一句人声。望穿一群羊，望见一个人。绕过四五垛柴草，看见一两个人。

谁要问我沙沟沿上谁谁家的人长啥模样，一时半会儿，我可能真说不出。若提起他家的黄狗黑母牛，我立马就能说出它们的毛色、望人望其他东西时的眼神、走路和跑起来的架势，连前腿内侧的一小撮杂毛、后蹄盖一个缺口，我都记得清清楚楚。

我记住了太多的牲畜和其他东西，记住很少一些人。他们远远地躲在那些事物后面——人跟在一车草后面，蹲在半堵墙后面，随在尘土飞扬的一群牛后面，站在金黄一片的麦田那边，出现又消失，隐隐约约，很少有人走到跟前，像一只鸡、一条狗那样近地让我看清和认识他们。

树又高又显，草、庄稼遍野遍滩，狗和驴高声叫喊，随地大小便。人低着头，躬着身，小声碎步地活在中间。好几年，我能听见王占元的一两声叫喊（他被什么东西整急了，低哑地叫唤两声，便又听不见）。好几个月，我能碰见一次陈有根，他还是那张愁巴巴的脸，肩上扛着锨，手里提一把镰刀，腰绑一根绳，从渠沿下来，一转眼消失在几堵破墙后面，再看不见。

鸡算最多的了，在黄沙梁，除了蚂蚁，遍地都是鸡。每家都养几十、上百只，而且，鸡不住地下蛋，蛋又不住地孵出鸡。

鸡这种小东西很难有个准确数目。它到处跑，到处钻。谁都不敢肯定地说他家有多少只鸡，就像不敢肯定他家门前树上有多少只麻雀，屋里有多少只老鼠一样。

数鸡的方法很简单，往院子里撒一把苞谷粒，学着鸡嗓子"咯咯"尖叫几声，鸡便争先恐后从角角落落跑出来，拥在一起争食吃。

如果把谷粒撒成一条线，鸡便排成一长溜子，两个两个数，数到十八或二十七，你觉着就这么多了，突然又从柴垛下"咯咯"地钻出一只。

有时早晨数二十四只，下午却成了二十三只。又撒了几把苞谷，满院子"咯咯"地叫，站在门口朝路上叫，嗓子叫疼了也没再出来一只。第二天，第三天，仍然是二十三只。你断定这只鸡丢了，已经顶了谁家的锅盖了。你很生气，在没人处骂几句：哪个牲口把我们家鸡吃了。吃了烂嘴。吃了断肠子。然后装得若无其事，背着手，不慌不忙在村里转一圈，眼睛在人家垃圾堆上扫来扫去，想找到一根鸡毛、半个鸡头、几根鸡骨头。这是不可能的事。偷鸡的人都知道把鸡毛挖坑埋掉。坑挖得又深又隐秘，埋好了用脚踩瓷实，撒些干土，扔些草叶子，你从上面走过去都觉察不出。直到有一天，你在邻居家院子边取土，无意中挖出一团鸡毛，黑色，夹杂一点白色短绒毛，你觉得面熟，突然想起二十年前丢掉的一只黑母鸡，肚皮下有块白短毛。咋就没想到他呢。你望着那扇门，怪自己二十年前咋就没想到是邻居家偷的鸡呢。现在啥话都不能说了，两家早成了亲戚，邻居家的儿子娶了你女儿，两家好得跟一家似的。

最好在大中午，突然闯进一家门。老王，借根麻绳。看他们慌张的样子——赶紧把锅盖住，碗藏到桌子底下，嘴里顾不上嚼烂的东西一伸脖子咽下去。

装得很亲热，抱起人家的孩子亲亲，闻闻嘴里有没有鸡肉味。

丢一只鸡对一户人家来说，就像风刮走树上的一片叶子，根本算不上一件事。你要因一只鸡的事扰乱了村子，问东家骂西家，日后你万一丢一头牛，肯定会扰得世界都不得安宁。它是件太小的事情，只能发生在一个人心里。

　　我记得最深的是一只黑母鸡。全身纯黑纯黑，我们叫它"黑夜"。它真是一个黑夜的话，你千万别指望在那个夜里看见一丝星光，更别期盼会熬到最后看到天边的一线曙色。那是一种彻底的黑，让人绝望。

　　黑夜有一次失踪了很长时间，我们都以为它丢了。村里没有谁家有这么纯黑的鸡，有的毛是黑色的，冠却是红的，腿却是白的；有的肚皮下、脖圈里会夹杂些白绒红羽。听大人们说这种黑鸡吃了大补，还能治病。大哥就让我出去转一圈，看看村里那几个一年到头黄皮寡瘦的病秧子，有没有哪个突然壮实起来。如果有，肯定是偷吃了我们的黑鸡。

　　大概过了一个月，我们忙着地里的事，早出晚归，都快忘了丢鸡的事了。一个早晨，黑夜突然领了一群小鸡，咯咯地唱叫着从柴垛底下出来，径直走到院子里。那些小鸡全黑黑的，像一个个小墨团，简直分不出嘴和爪子。

我们很少收到黑夜下的蛋。它的蛋壳上有黑斑。那时我们家有将近三十只母鸡，每天收十几个蛋。大白鸡的蛋又白又大。芦花鸡的蛋发黄，灰团的蛋小而圆，像乒乓球一样。蛋一收回来，我们就能知道哪只鸡下了，哪只没下。

一连十几天没有黑夜的蛋，还以为它下蛋不行。是不是公鸡嫌它黑，不给它踩蛋。有时早晨摸黑夜的屁股，有蛋，下午就不知下哪去了。母亲让我盯着黑夜，看它是不是吃我们家的食给别人家窝里下蛋。大半天我都跟在它屁股后面。黑夜从不出院子，也不往别的鸡堆里钻。它有些孤僻，喜欢在树根下刨虫子吃，

有时到墙根晒会儿太阳。我稍不留意，它便不见了。像黑夜一样消失了，剩下一个大白天。

后来我们找到了黑夜筑在柴垛底下的窝，有两米多深。从外面根本看不见，只有小小的一个缝儿曲折地通到柴垛最里面。我抽掉几根柴火，让小弟钻进去。有一大堆蛋。小弟在里面喊。

母亲让我们把蛋放了进去，出口伪装成以前的样子。因为这些蛋里已经有红血丝，只有让黑夜再孵一窝黑鸡仔了。

黑夜几乎把它的每个蛋都怜惜地藏起来，孵成了墨黑墨黑的小鸡。母亲不喜欢黑鸡，稍长大些就把它们卖掉了。因为黑鸡能卖到好价，另一方面，我想是母亲不喜欢私自藏蛋坐窝的鸡。家里每年孵几窝小鸡都是母亲做主。到了那个月份，大多数母鸡会抢着坐

窝，一天到晚趴在窝里不下来。抢不到鸡窝的便在草垛房顶上围个窝，死死抱住自己的几个蛋，见人走近便啄，有时会飞扑过来啄人的眼睛。鸡一坐窝便不再下蛋。这个时候，母亲就让我们去捉那些坐窝的鸡，用凉水激鸡头。母亲说鸡坐窝是因为没睡醒，母鸡每年这时候要做一个长梦，它梦见些什么人不知道，但我们知道怎样把它弄醒。把鸡头往凉水盆里按几次，鸡就马上被激醒了，甩几下头，瞪大眼睛，和人惊醒时一模一样。

母鸡坐窝的前一个月，母亲便着手选种蛋。选哪只鸡的蛋不选哪只鸡的蛋也都是母亲做主。母亲喜欢的大白鸡、芦花鸡、黄毛以及黑尾巴的蛋，总是选得最多。母亲不喜欢的黄团、灰毛那些鸡的蛋，她也会每只选一两个，到时孵出几个她仍然不喜欢的灰毛黄团来。

哪只鸡都希望自己的蛋能孵成小鸡，而不是被人吃掉。鸡和人一样的。母亲说。即使最难看的灰尾巴，也希望自己的难看尾巴一代一代传下去。

母亲那时已生养了我们七个儿女。母亲要是生蛋，一定生了几大筐了。那些蛋中也只有个别的几个孵成了我们。我们不知道其他更多的没有出生的弟弟妹妹们到哪去了，也许他们从另一个出口走了，我们没等到。

你在地窝子出生那天，你大哥一直站在外面远远地等。母亲接着说，你大哥早就嚷着要个弟弟，他一个人太孤单。老大都这样，他先来了，你们都还没到，他就得等。

你大哥和你之间还有一个，也是男孩，没留住。母亲说。

三弟出生时，我和大哥一高一矮站在门外等，从晌午吃过饭，一直等到天快黑时，三弟出生了。

在老黄梁的地窝子里，我们又等来一个弟弟和一个妹妹。其他两个弟妹是在黄沙梁出生的。最后一个弟弟出生时，我们已经兄弟姊妹六个，一挨排站在院子里，等了大半天，听见屋子里传来婴儿哭声，我们全拥进去看。又是个男娃。母亲说，这是最后一个了，再没有了。我们全望着母亲，觉得母亲把什么隐藏了。应该还有。还没有来够。我一直认为我会有许多许多的弟弟妹妹，我都看见他们排着长队从很远处一个接一个地走来，我们站在院子里等。我们栽好多树等他们，养好多家畜等他们，种好多地等他们（每年我们都想着再多种点地，多收些粮食，说不定又要添一口人）。

可是母亲说，再没有了。

寒风吹彻

　　雪落在那些年雪落过的地方，我已经不注意它们了。比落雪更重要的事情开始降临到生活中。三十岁的我，似乎对这个冬天的来临漠不关心，却又一直在倾听落雪的声音，期待着又一场雪悄无声息地覆盖村庄田野。

　　我静坐在屋子里，火炉上烤着几片馍馍，一小碟咸菜放在炉旁的木凳上，屋里光线暗淡。许久以后我还记起我在这样的一个雪天，围抱火炉，吃咸菜啃馍馍想着一些人和事情，想得深远而入神。柴火在炉中啪啪地燃烧着，炉火通红，我的手和脸都被烤得发烫了，脊背却依旧凉飕飕的。寒风正从我看不见的一道门缝吹进来。冬天又一次来到村里，来到我的家。我把怕冻的东西一一搬进屋子，糊好窗户，挂上去年冬天的棉门帘，寒风还是进来了。它比我更熟悉墙上的每一道细微裂缝。

就在前一天，我似乎已经预感到大雪来临。我劈好足够烧半个月的柴火，整齐地码在窗台下；把院子扫得干干净净，无意中像在迎接一位久违的贵宾——把生活中的一些事情扫到一边，腾出干净的一片地方来让雪落下。下午我还走出村子，到田野里转了一圈。我没顾上割回来的一地葵花秆，将在大雪中站一个冬天。每年下雪之前，都会发现有一两件顾不上干完的事而被搁一个冬天。冬天，有多少人放下一年的事情，像我一样用自己那只冰手，从头到尾地抚摸自己的一生。

屋子里更暗了，我看不见雪。但我知道雪在落，漫天地落。落在房顶和柴垛上，落在扫干净的院子里，落在远远近近的路上。我要等雪落定了再出去。我再不像以往，每逢第一场雪，都会怀着莫名的兴奋，站在屋檐下观看好一阵，或光着头钻进大雪中，好像有意要让雪知道世上有我这样一个人，却不知道寒冷早已盯住了自己活蹦乱跳的年轻生命。

经过许多个冬天之后，我才渐渐明白自己再躲不过雪，无论我蜷缩在屋子里，还是远在冬天的另一个地方，纷纷扬扬的雪，都会落在我正经历的一段岁月里。当一个人的岁月像荒野一样敞开时，他便再无法照管好自己。

就像现在，我紧围着火炉，努力想烤热自己。我的一根骨头，却露在屋外的寒风中，隐隐作痛。那是我多年前冻坏的一根骨头，我再不能像捡一根牛骨头一样，把它捡回到火炉旁烤热。它永远地冻坏在那段天亮前的雪路上了。

那个冬天我十四岁，赶着牛车去沙漠里拉柴火。那时一村人都靠长在沙漠里的梭梭柴取暖过冬。因为不断砍挖，有柴火的地方越来越远，往往要用一天半夜时间才能拉回一车柴火。每次去拉柴火，都是母亲半夜起来做好饭，装好水和馍馍，然后叫醒我。有时父亲也会起来帮我套好车。我对寒冷的认识是从那些夜晚开始的。

牛车一走出村子，寒冷便从四面八方拥围而来，把我从家里带出的那点温暖搜刮得一干二净，浑身上下只剩下寒冷。

那个夜晚并不比其他夜晚更冷。

只是这次，我一个人赶着牛车进沙漠。以往牛车一出村，就会听到远远近近的雪路上其他牛车的走动声，赶车人隐约的吆喝声。只要紧赶一阵路，便会追上一辆或好几辆去拉柴的牛车，一长串，缓行在铅灰色的冬夜里。那种夜晚天再冷也不觉得。因为寒风在吹好几个人，同村的、邻村的、认识和不认识的好几架牛车在这条夜路上抵挡着寒冷。

而这次，一野的寒风吹着我一个人。似乎寒冷把其他一切都收拾掉了，现在全部地对付我。

我掖紧羊皮大衣，一动不动趴在牛车里，不敢大声吆喝牛，免得让更多的寒冷发现我。从那个夜晚我懂得了隐藏温暖——在凛冽的寒风中，身体中那点温暖正一步步退守到一个隐秘的连我自己都难以找到的深远处——我把这点隐深的温暖节俭地用于此后多年的爱情和生活。我的亲人们说我是个很冷的人，不是的，我把仅有的温暖全给了你们。

许多年后有一股寒风，从我自以为火热温暖的从未被寒冷浸入的内心深处阵阵袭来时，我才发现穿再厚的棉衣也没用了。生命本身有一个冬天，它已经来临。

天亮后，牛车终于到达有柴火的地方。我的一条腿却被冻僵了，失去了感觉。我试探着用另一条腿跳下车，拄着一根柴火棒活动了一阵，又点了一堆火烤了一会儿，勉强可以行走了。腿上的一块骨头却生疼起来，是我从未体验过的一种疼，像一根根针刺在骨头上又狠命往骨髓里钻——这种疼感一直延续到以后所有的冬天以及夏季里阴冷的日子。

太阳落地时，我装着半车柴火回到家里。父亲一见就问我：怎么拉了这点柴，不够两天烧的。我没吭声，也没向家里说腿冻坏的事。

我想很快会暖和过来。

那个冬天要是稍短些，家里的火炉要是稍旺些，我要是稍把这条腿当回事，或许我能暖和过来。可是现在不行了。隔着多少个季节，今夜的我，围抱火炉，再也暖不热那个遥远冬天的我；那个在上学路上不慎掉进冰窟窿，浑身是冰往回跑的我；那个跺着冻僵的双脚，捂着耳朵在一扇门外焦急等待的我……我再不能把他们唤回到这个温暖的火炉旁。我准备了许多柴火，是准备给这个冬天的。我才三十岁，肯定能走过冬天。

但在我周围，肯定有个别人不能像我一样度过冬天。他们被留住了。冬天总是一年一年地弄冷一个人，先是一条腿、一块骨头、一副表情、一种心境……而后整个人生。

我曾在一个寒冷的早晨，把一个浑身结满冰霜的路人让进屋子，给他倒了一杯热茶。那是个上了年纪的人，身上带着许多个冬天的寒冷，当他坐在我的火炉旁时，炉火须臾间变得苍白。我没有问他的名字。在火炉的另一边，我感觉到迎面逼来的一个老人的透骨寒气。

他一句话不说。我想他的话肯定全冻硬了，得过一阵才能化开。

大约坐了半个时辰，他站起来，朝我点了一下头，开门走了。我以为他暖和过来了。

第二天下午，听人说村西边冻死了一个人。我跑过去，看见这个上了年纪的人躺在路边，半边脸埋在雪中。

我第一次看到一个人被冻死。

我不敢相信他已经死了。他的生命中肯定还深藏着一点温暖，只是我们看不见。一个人最后的微弱挣扎我们看不见，呼唤和呻吟我们听不见。

我们认为他死了，彻底地冻僵了。

他的身上怎么能留住一点点温暖呢？靠什么去留住？他的烂了几个洞、棉花露在外面的旧棉衣？底快磨透、一边帮已经脱落的那双鞋？还有，他多少个冬天积累起来的彻骨寒冷。

落在一个人一生中的雪，我们不能全部看见。每个人都在自己的生命中，孤独地过冬。我们帮不了谁。我的一小炉火，对这个贫寒一生的人来说，显然微不足道。他的寒冷太巨大。

我有一个姑妈，住在河那边的村庄里，许多年前的那些个冬天，我们兄弟几个常走过封冻的玛河去看望她。每次临别前，姑妈总要说一句：天热了，让你妈过来喧喧。

姑妈年老多病，她总担心自己过不了冬天。天一冷她便足不出户，偎在一间矮土屋里，抱着火炉，等待春天来临。

一个人老的时候，是那么渴望春天来临。尽管春天来了她没有一片要抽芽的叶子，没有半瓣要开放的花朵——春天只是来到大地上，来到别人的生命中——但她还是渴望春天，她害怕寒冷。

我一直没有忘记姑妈的这句话，也不止一次地把它转告给母亲。母亲只是望望我，又忙着做她的活。母亲不是一个人在过冬，她有五六个没长大的孩子，她要拉扯着他们度过冬天，不让一个孩子受冷。她和姑妈一样期盼着春天。

……天热了，母亲会带着我们，蹚过河，到对岸的村子里看望姑妈。姑妈也会走出蜗居一冬的土屋，在院子里晒着暖暖的太阳和我们说说笑笑……多少年过去了，我们一直没有等到这个春天，好像姑妈那句话中的"天"一直没有热。

姑妈死在几年后的一个冬天。我回家过年，记得是大年初四，我陪着母亲沿一条即将解冻的马路往回走。母亲在那段路上告诉我姑妈去世的事。她说："你姑妈死掉了。"

母亲说得那么平淡,像在说一件跟死亡无关的事情。

"怎么死的？"我似乎问得更平淡。

母亲没有直接回答我。她只是说："你大哥和你弟弟过去帮助料理了后事。"

此后的好一阵,我们再没说话,只顾静静地走路。快到家门口时,母亲说了句:天热了。

我抬头看了看母亲,她的身上散着热气,或许是走路的缘故,不过天气真的转热了。对母亲来说,这个冬天已经过去了。

"天热了过来喧喧。"我又想起姑妈的这句话。这个春天再不属于姑妈了。她熬过了许多个冬天,还是被这个冬天留住了。我想起奶奶也是死在多年前的冬天。母亲还活着。我们在世上的亲人会越来越少。我告诉自己,不管天冷天热,我都常过来和母亲坐坐。

母亲拉扯大她的七个儿女。她老了。我们长高长大的七个儿女，或许能为母亲挡住一丝的寒冷。每当儿女们回到家里，母亲都会特别高兴，家里也顿时平添热闹的气氛。

　　但母亲斑白的双鬓分明让我感到她一个人的冬天已经来临，那些雪开始不退、冰霜开始不融化——无论春天来了，还是儿女们的孝心和温暖备至。

　　隔着三十年的人生距离，我感受着母亲独自在冬天的透心寒冷。我无能为力。

　　雪越下越大。天彻底黑透了。

　　我围抱着火炉，烤热漫长一生的一个时刻。我知道这一时刻之外，我其余的岁月，我的亲人们的岁月，远在屋外的大雪中，被寒风吹彻。

关于绘者

　　袁小真，80后插画师。以独特的女性视角出发，擅长运用浪漫、感性的题材来表达绘画。代表作有绘本《美食小情书》《社戏》《郑州24节气》《遥远的抱山坞》等，《中国女性》海外杂志专栏插画师。为《82年生的金智英》《飞往巴黎的末班机》绘制封面，为是枝裕和中国版小说《步履不停》《比海更深》《小偷家族》《无人知晓》等绘制封面及插图。